朵朵小語

在心裡留一個地方愛自己

朵朵 著

在心裡留一個地方愛自己——朵朵小序

在我的少女時代，一直嚮往著遠方。那時，我常常到火車站去隨意買一張票就開始一個人的一日小旅行。火車行走在鐵軌上鏗鏗鏘鏘的聲音，往往讓我覺得一個遼闊的世界正在眼前開展，而我總喜歡坐在靠窗的位子，任景色和思緒如風一般不斷掠過。在那樣的當下，我覺得平靜且自由，沒有過去和未來，只有當下。而一個人的旅行從此也成為一種習慣，直到今日，我依然喜歡坐在靠窗的位子，只是火車票成了機票，窗外的風景變成了雲海。我到了比遠方更遠的遠方，是天涯之外的天涯。

然而我也漸漸明白，其實我最想去的不是遠方，不是天涯，而是自己的內心深處。那一遍又一遍地從日常生活中出走，都是為了回來，而在來去之間，我可以藉著時空的變化和自己對話，可以在景物的流動之中感覺自己的感覺，看見自己的看見，然後成就一個更深刻的自己。換句話說，所有的旅行，看起來是外在的移動，其實都是內在的追尋。世界同時在外面也在裡面，外在的大宇宙映照內在的小宇宙，當我往外走得更遠，也就向內走得更深。

心靈的世界無限遼闊，即使靜靜坐著，哪兒也不去，想像力與感受力都可以帶你到任何地方。當你開啟了內在的探索，也就開始了人生真正的旅程。人生一切的謎題與謎底都在自己的心裡，你想要的一切也都只能在自己的內在去找尋。

所以，親愛的，你也是個喜歡向內探索的人嗎？你知道內在的旅程就是一條愛自己的道路嗎？

這是第二十一集朵朵小語了，我要感謝這本書的責編承歡和美編郁婷，以及所有參與它的出版工作的人們，因為大家的付出，這本小書才能如此美好地呈現。我還要感謝所有在「彭樹君」與「朵朵小語」兩個臉書專頁上為這本書票選封面的朋友，你們的熱情讓我感到非常溫暖。

最後，我要感謝翻開這本小書的你。親愛的，但願書寫的我與閱讀的你，彼此陪伴，一起走在內在的旅程這條愛自己的道路上。

contents
目錄

Part 1
每一朵花在盛開之前都作了長久的預備

Part 2
能永遠和你在一起的只有你自己

Part 3
不比較，是愛自己的第一信條

Part 4
人生所有的答案就在你心裡

Part 1

每一朵花在盛開之前
都作了長久的預備

靜下心來

靜下心來，你聽見鳥鳴的聲音。
靜下心來，你聽見風吹的聲音。
靜下心來，你聽見花開的聲音。
靜下心來，你聽見蝴蝶與蜜蜂竊竊私語的聲音。
靜下心來，你聽見遠處河流匯入海洋的聲音。
靜下心來，你聽見整個世界在你心中的回音。
靜下心來，只有靜下心來，親愛的，你才能聽見自己內在真正的聲音。

用深呼吸來靜心

寂靜是神的語言，其他都是失真的翻譯。

當你感到世界太喧嘩，就閉上眼睛，一遍又一遍，慢慢地深呼吸。

吸氣的時候，感覺自己像一個充飽了氣的汽球。吐氣的時候，像是這個汽球朝著天空輕飄飄地飛去。

深呼吸是最簡單卻也最有效的靜心，讓你瞬間放下一切，鬆開頭腦，回到自己，裡外合一。

深呼吸帶你回到自我內在的核心，平和，放鬆，輕安，寂靜，和神在一起。

夢的療癒

你被怪獸逼到了懸崖邊，如果不想被利爪撕裂，唯有跳崖，但下面那凶險的海面上有鯊魚正在巡梭，跳下去也是凶多吉少。

怎麼辦呢？你進退無路，冷汗直流……

就在這絕望的當下，你忽然醒了過來。大口喘氣，你慶幸還好只是一場夢，夢裡的一切都沒有發生。

你也發現，與夢裡的艱難比起來，你正煩惱的那件事簡直微不足道，於是你又有了面對現實的勇氣。

親愛的，偶爾作作噩夢有正面意義。以假看真，撥亂反正，這是夢的療癒。

與當下同在

親愛的，找一把舒服的椅子坐下來，坐成一種自在的姿勢，與這個當下同在。

看著你的周圍，或許有人路過，或許有落葉飄過，或許有些事情正在眼前發生，你就只是看著，沒有好壞的判斷。

你也聽見了一些遠遠近近的聲音，你就只是聽著，沒有情緒的生起。

你坐著，安靜地坐著，感覺外面的世界與內在的世界連成同一個世界，沒有邊界。

你坐著，平靜地坐著，與這個當下同在，也與永恆同在。

看著你的悲傷
就像看著海邊的浪潮

因為發生了那件讓你難過的事，於是悲傷就像心靈的潮水，日日夜夜地向你席捲而來。

那麼，就靜止不動，任由潮水過來又過去吧。也許你會被潑得一身濕淋淋，但只要靜定下來，就不會在水中滅頂。

別抗拒你的悲傷，就像沙灘也不會抗拒浪潮。悲傷是很自然的情緒，與其否認，不如接納。

親愛的，靜靜看著你的悲傷，一如看著海邊的浪潮。它們雖然會一遍遍地捲過來，可是也會一遍遍地退回去。

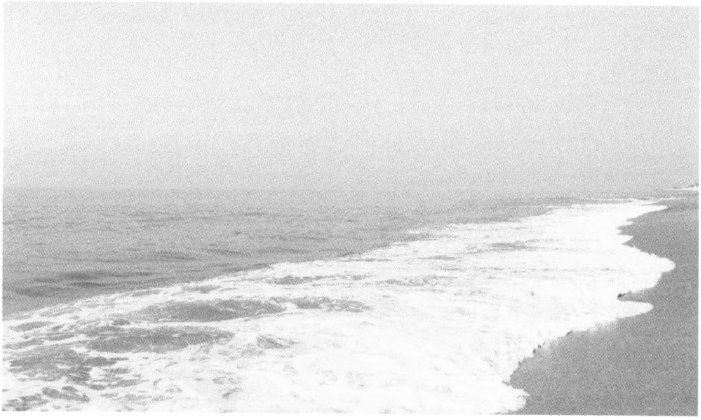

順著流走

若是時光倒流回到過去，如果你可以與十年前的自己聊一聊，那時的你會不會對現在的自己感到驚訝？或許那時的你曾經對未來的自己有些想像，而此刻的你符合當時的期望嗎？

人生總有許多想不到的發生，讓你以前想的是那樣，後來的變化卻是這樣。

雖然你現在的狀態也許不符過去的期望，但親愛的，現在的你也有以前的自己想像不到的收穫與心得。

時光大河承載著你從過去來到這裡，讓你成為現在的自己。而親愛的，人生就是順著流走，宇宙自有祂奧秘的旨意。

所有的行事都以愛為依據

箴言裡說：「你要保守你心，勝過保守一切，因為一生的果效，是由心發出。」

那麼要如何保守自己的心呢？你問。

親愛的，保守己心，就是所有的行事皆以愛為依據。

愛是萬事萬物的能量，當你能放下期待，放下頭腦，放下由意志力掌控、充滿壓力的世界，回到自己的內心，允許神性發生，允許過程自己去運作，那麼生命中一切的美好就會水到渠成地到來。

心情悠閒，處處就是美麗的發現

無所事事的下午，你偶然路過某個安靜的轉角，看見牆邊的石磚縫裡冒出綠色的草葉，而且還開了嫩黃的小花。

那其實不是一個適合植物的好環境，可是它們還是那樣自在，那樣欣欣向榮。

於是你被鼓舞了。你感謝與這生機盎然的一景如此偶然的相逢。

只是幾株不起眼的小草花而已，對你來說卻像是一個永恆的春天。

心情悠閒，處處就是美麗的發現。

關上你心裡那個漏水的水龍頭

寂寞，像一個漏水的水龍頭。

如果你因為寂寞，而想找一個人來和你在一起，也許只是找到另一個漏水的水龍頭而已。

滴滴答答。滴滴滴答。本來一個人的寂寞，現在成了雙倍的寂寞。

親愛的，寂寞的時候，不是要讓另一個人來填補你的空洞，那只會更寂寞罷了。

你該做的是關上自己心裡那個漏水的水龍頭，而這件事，你無法假他人之手。

無所事事就是最好的事

你總是忙著從上一件事到下一件事，你總是想在有限的時間之內完成最多的事。但往往，你花了許多力氣，結果只是累積更多有待處理的事。

停下來吧，親愛的，試著去感受無所事事。

只是靜靜地與自己在一起，花自然會開，草木自然會生長。看似無所事事，其實一切都在默默發生。

當你的手邊和心裡都無事，你才能在放鬆之中感到生命本然的喜悅，那無關任何成就感或別人的肯定，就只是單純的喜悅。

於是你知道，無所事事就是最好的事。

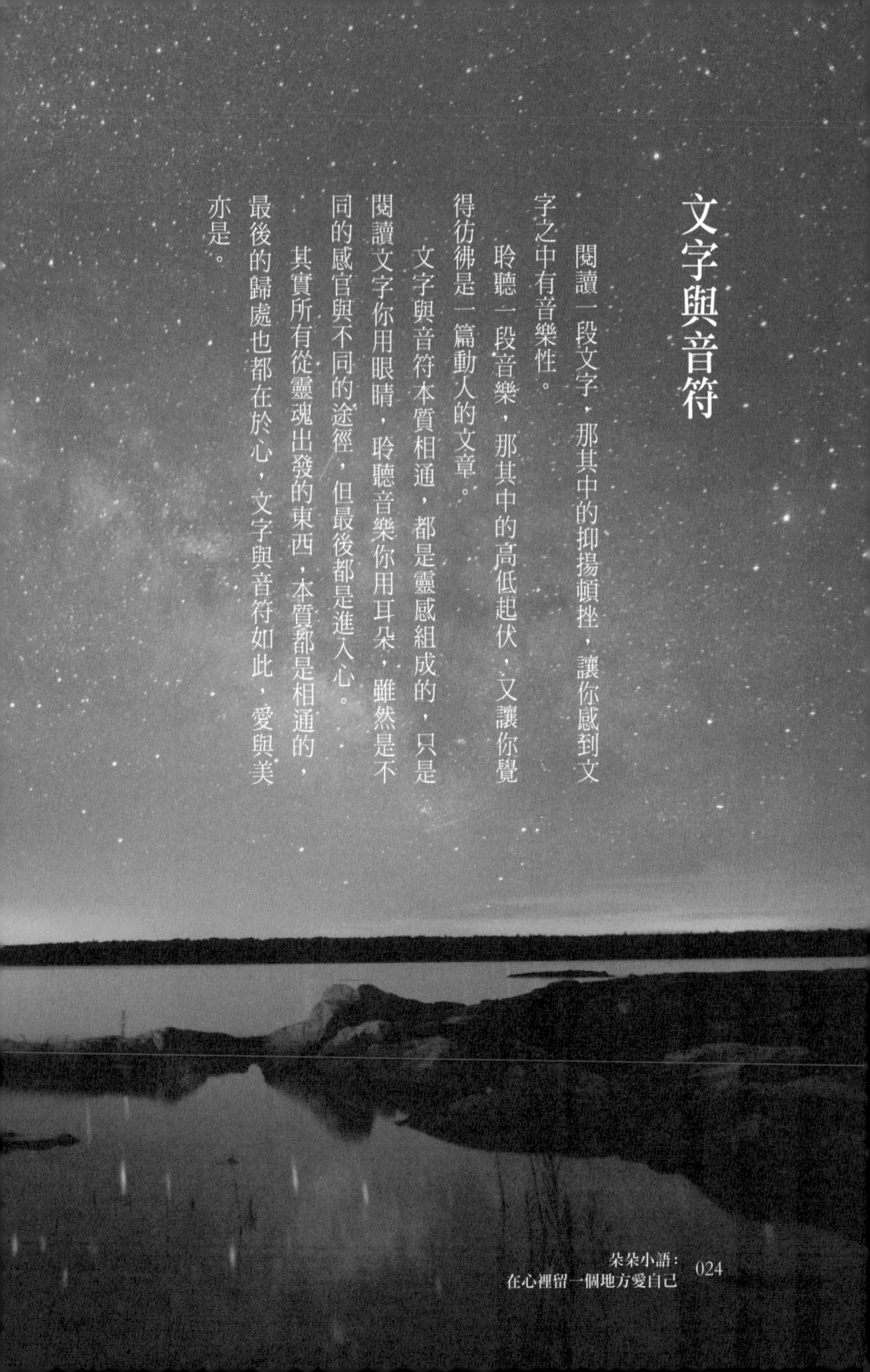

文字與音符

閱讀一段文字，那其中的抑揚頓挫，讓你感到文字之中有音樂性。

聆聽一段音樂，那其中的高低起伏，又讓你覺得彷彿是一篇動人的文章。

文字與音符本質相通，都是靈感組成的，只是閱讀文字你用眼睛，聆聽音樂你用耳朵，雖然是不同的感官與不同的途徑，但最後都是進入心。

其實所有從靈魂出發的東西，本質都是相通的，最後的歸處也都在於心，文字與音符如此，愛與美亦是。

月光與星光

有時月光，有時星光。聽過這句話嗎？

生活裡總有順境，也有逆境，就像夜晚來臨的時候，有時是皎潔的明月當空，有時卻只見明滅不定的星群。

但是生命總會繼續，無論天邊有沒有月亮，地球都不會停止轉動；無論你開不開懷，日子也還是要過。

所以，親愛的，保持內在的平靜吧，不必因為月光與星光的轉變而感到心情的上上下下。

既然一切都在流轉，都在變化，那麼何不在有月時欣賞月光之美，無月時感謝幸好還有星光。

快樂的你才有快樂的關係

愛是一種放鬆，一種愉悅的流動。

如果兩個人之間沒有放鬆，只有緊繃，那就不會有任何溝通，任何流動。

所以，親愛的，如果你想愛一個人，就先讓自己快樂起來。

當你快樂了，你們的關係才會快樂。

當你們都快樂了，真正的愛才會在你們之間發生。

而那樣的愛，將是一種美好的放鬆，一種愉悅的流動。

放一段音樂

放一段音樂，跟著音符的帶領，一起飛翔，一起飄浮到遠方，你離開了疲倦與混亂的現場。

放一段音樂，把自己的情緒交給它，或是縱聲高歌，或是淚如雨下，你任由音符的起伏將內在的自己釋放。

快樂的時候放一段輕快的音樂，周圍的一切彷彿更加昂揚。

難過的時候放一段憂傷的音樂，跟著痛哭一場後，你又有了勇氣重新出發。

親愛的，現在的你是什麼心情呢？放一段音樂吧。

情緒只是心的漣漪

沒來由的，你的心裡湧出一種感覺，也許是深深的寂寞，也許是淡淡的失落。

那麼，感覺著這種感覺就好，不必去追溯它的來處，也不需要給它任何評價或形容。只是看著它。

就像看著一片落葉掉進湖心，泛起一陣陣漣漪。

葉子要落有它必然的道理，而你的情緒或許也只是個人小宇宙的運行。

所以感覺著你的感覺就好，就像湖水接受漣漪的擴散，而終將消失於無形，無論是寂寞也好，是失落也罷，所有的感覺也會漸漸淡去。

於是你的心又回到一片寧靜，就像湖水回到無痕的清明。

親愛的，情緒的開始與消失，不過是心的漣漪。

快樂來自平衡

就像ＮＡＳＡ的科學家不斷地向外太空發射電波，想證明宇宙裡有其他生物一樣，你也需要與外界連結，在人際網絡中證明自己的存在。

但也像花瓣包裹著花心，感受著自己的芬芳一樣，你更需要的是探索自己的心靈，與自己的內在對話。

向外追求的同時也要向內探索，擁有物質的同時也要擁抱精神，而親愛的，你的快樂就來自這樣的平衡。

是你的心情決定了事情

冬天來了，山坡上那棵樹的葉子也開始落了，有人看了覺得淒清，也有人看了卻覺得這是大自然的汰舊換新。

相同的景致在不同的人眼裡，有不同的感覺與不同的解釋。

所以哪有什麼一定的好或不好，又哪有什麼一定的是與不是呢？

因此，親愛的，做一個樂觀開朗的人吧！是你的心情決定了事情。只要心裡有光，看出去的就是鳥語花香。

敲門的天使

你的門外有人正在輕輕地敲門，你聽見了嗎？不，你沒有聽見，因為你沉浸在某種憂慮之中，未曾注意到那輕柔的敲門聲。

所以你也不會知道，來敲門的是一位天使，如果你開門，他將帶給你許多喜悅。

因為你一直不開門，所以天使只好悄悄走開了。

親愛的，憂慮會讓你不斷錯過生命中美好的事物，甚至讓你把上門來的天使擋在門外。

放下你的憂慮吧，那麼，才能迎接喜悅的天使到來。

你的心是否有跟你在一起？

這個當下，親愛的，請問問自己，你在哪裡？其實你在哪裡並不重要，重要的是，你的心是否有跟你在一起？

如果你身在這裡，心卻在那裡，或是你身在這裡，心卻不知遊蕩到哪裡去，如此身心分離，也難怪你總覺得內在的焦距不清晰，總有莫名的慌張與焦慮。

讓心回到自己身上來，時時刻刻覺察自己，親愛的，安心就是知道自己當下的狀態，快樂就是和自己在一起。

天空裡的浪花

心事重重的時候，你總是想去看海。

那潮來潮往，那捲起復散落的浪花，往往能令你感到被療癒，心中的起伏會漸漸平靜。

但你並不是在每一個憂傷失落的時刻都能立刻看到海，所以你就抬頭，看向天空。

那層層的白雲也像無邊的浪花，它們總是變幻不停，就像在告訴你，什麼都會改變，所以什麼都不要執著，於是你心中的起伏也漸漸平靜。

因此，當你望著天空，就像坐在海邊一樣；那藍天裡的雲朵，就像捲起復散落的浪花一樣。

平靜是強大的力量

像水邊的石頭看著河流經過時濺起的水花，像一棵樹看著自己內在年輪的生成，像一扇窗子看著春夏秋冬與日月星辰的流轉，你也可以用一種平靜的心態，看待一切的發生。

平靜其實是一種很強大的力量，可以承受得起所有變化。

平靜的人心裡有一座山林、一片海洋，看起來安然不動，卻能悄悄改變周圍的磁場。

親愛的，感覺你內在的平靜吧，那就是你深不可測的力量。

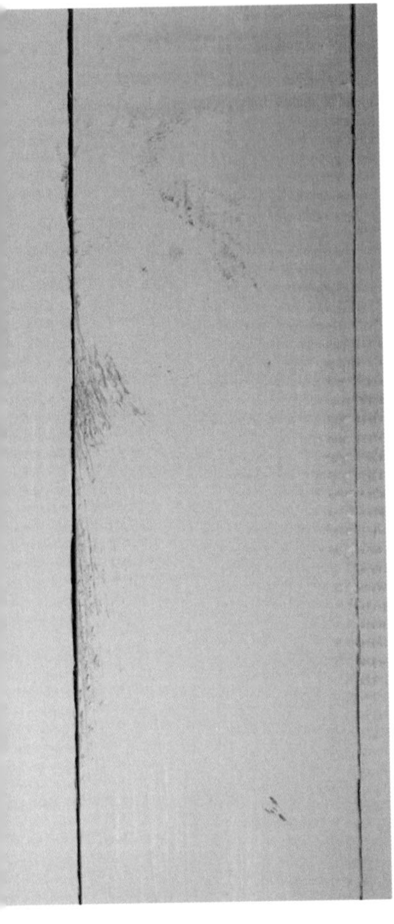

喜悅的花

喜悅總是發自內心。那不是因為任何人任何事而產生的，只是因為你存在，你的喜悅就存在。「你能奉獻給存在的，除了你的喜悅沒有別的，那就是奉獻，最好的奉獻。你不能用樹上的花奉獻，你只能獻上自己開的花。」

這個早晨，你在書上讀到這段話，心裡開出一朵喜悅的花。於是你一整天都帶著心上的那朵花，做為你的奉獻與回答。

要解決外在必須先療癒內心

你問：「為什麼那種事總是發生在我身上？」你說這是命運的詭計，上天的惡意。

親愛的，與其怨天尤人，不如問自己：「在我的內在，究竟是什麼讓那種事發生？」

一種狀況若是不斷重複，就表示在你的心裡有一個你看不見的坑洞，它一再吸引負面能量，讓問題一再發生。它用這種方式提醒你去正視它的存在。也唯有當你看見了它，並且用愛填滿了它，日後才不會再發生相同的事情。

親愛的，想要解決外在的問題，就必須先療癒自己的內心。

向內追求是人生旅途的開始

你一直在追求。追求最壯麗的風景，追求最美味的食物，追求最可觀的財富，追求最動人的伴侶。

然而這些都是外在的追求，而你將發現，這些追求可能帶來更多的不滿足，也可能帶來厭倦，帶來無常與幻滅。

當外在的追求幻滅時，就是你向內追求的開始。

親愛的，最遠的旅行，是從自己的身體到自己的心靈。然而也唯有開始向內追求，人生的旅途才算真正啟程。

你的秘密基地

該有這麼一個地方，在你或是沮喪失落，或是傷心疲憊，總之是你想要暫時離開人群的時候，可以收留你。

沒有任何人會打擾，一個安靜的，完全屬於你的地方，它溫柔地安慰你，溫暖地包裹你。

就像靜靜充電那樣，在那裡，你鬆開自己，一切都放下，你感到孤獨卻安心。

該有這麼一個地方，是你休養生息的秘密基地，只屬於你自己；就像你心裡的某個寧靜的角落，只有自己可以來去。

青蔬

就算眼前這個世界再怎麼鬧嚷嚷，你也永遠可以在心裡創造一個寧靜的小宇宙。

就算日子再怎麼不如意，一如灰敗的泥土，你也永遠可以保持自己的心靈善良美麗，像沾著晨間露水的青蔬。

親愛的，你不是你的生活，就像青蔬不是它所置身的泥土，你也不受限於你所置身的時空。

你的心是無限的，它大於你的生活，甚至大於這個世界。你永遠可以乘著心靈的翅膀，成為你想成為的樣子，去任何你想去的地方。

每一朵花在盛開之前
都作了長久的預備

春天的花在春天綻放，秋天的果在秋天熟成，然而宇宙萬物早已悄悄醞釀生長，春天的花不是春天才生，秋天的果也不是秋天才長，只是在應當的季節開花結果罷了。

你的人生也有某種時序，在時間未到的時候就該安靜地充實自我，在時間來到的季節才能歡喜收成。

雖然慷慨的宇宙從不吝惜與你分享祂的所有，但沒有什麼事是平空發生

的，每一朵花在盛開之前都作了長久的預備。

而親愛的，在收穫人生的果實之前，請你也要為這一天的來到作好預備，如此，你的果實才是甜的，心裡那朵喜悅的花才是美的。

Part 2

能永遠和你在一起的
只有你自己

情緒的本質像雲霧

有時，你會覺得好疲倦，好灰心，好想哭。

其實並沒有發生什麼事，但你的心裡就是沉甸甸的，也說不出是怎樣的心事。

你不喜歡這樣的感覺，然而也不會抗拒它，因為你知道愈抗拒什麼，那個什麼的能量就愈強。

你只會靜靜地，像陪伴一個委屈的孩子那樣陪伴著它，讓它漸漸平息，然後淡去。

是的，親愛的，你知道所有的情緒都是一時的，它的本質就像雲霧，會聚攏，會消散，也一定會過去。

接受自己真實的樣子

一棵楓樹的種子落在橡樹林中，依然會長成楓樹。

一隻牧羊犬從小與羊群一起長大，也不會變成綿羊。

而你天生若是一株薔薇，就大方地開花吧；你有薔薇的美麗，不必去羨慕玫瑰的風采。

自信會讓你更迷人，但自信不是覺得自己有多棒，而是看見真實的自己，並接受自己真實的樣子。

親愛的，你是獨一無二的，那不是與誰比較而來的，而是發自內心地接納自己而欣然領悟的。

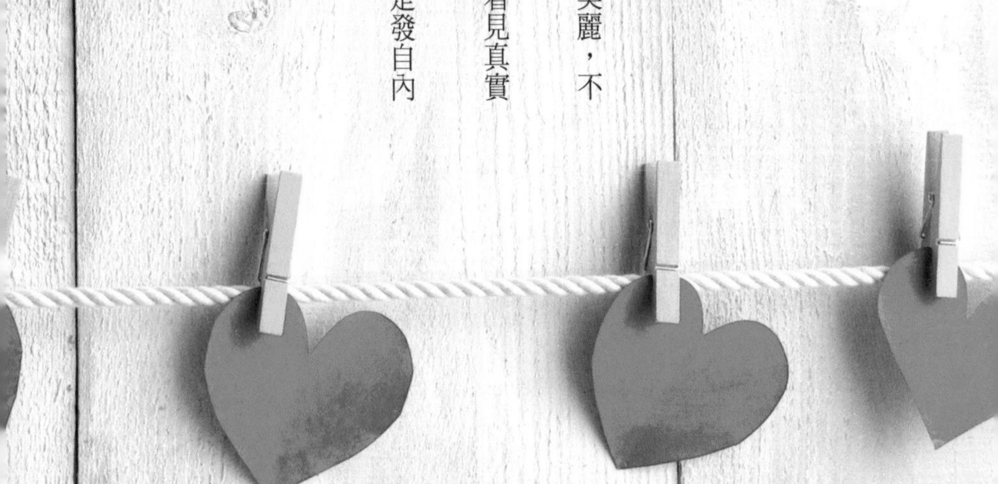

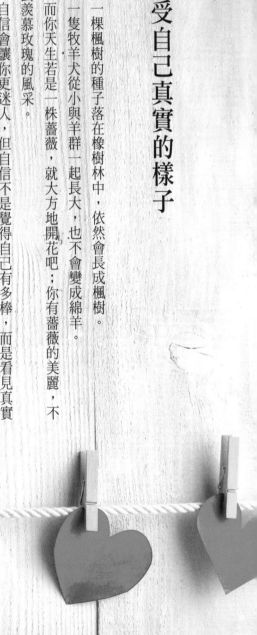

美好之中最美好的

在這個世界上，真正美好的事物都是免費的。

溫暖的擁抱。愛與信任。讓你感到被了解的眼神和微笑。

冬天的陽光。夏天的微風。無論何時仰望都可以看見的天空。

它們都是免費的，而且也是無價的。你無法購買一朵流過的雲，或是一朵發自內心的微笑。

而親愛的，你知道在所有的美好之中，最美好的是什麼嗎？

是你的生命！那是這個世界的無價之寶，是再多的金錢也換不來的。

沒有門窗的房子

親愛的，你見過沒有門窗的房子嗎？

不會有那種房子，因為沒有門窗，也就沒有可以讓人出入的地方。

所謂完美，往往就像沒有門窗的房子，那是一種封閉與靜止，再沒有可以改變的空間，也沒有可以轉圜的餘地。

所以，不要追求完美，因為一如不會有沒有門窗的房子，也不會有完美的存在。

也許你有一些破口，但那正是你可以往內看的地方，也正是一幢房子可以讓人出入的門窗。

你並不完美，但因為接納自己的破口，所以親愛的，你成就了自己的完整。

在有限的每一天裡好好地存在

蟬埋在地底下要十七年才能出生，卻只能活過一個夏季。

蜉蝣朝生暮死，一生都看不見一次落日。

當你在嘆息牠們的生命何其短暫的時候，卻沒意識到，其實你自己的時間也是有限的。

每一次起床，每一次入睡，你所謂的日常，都不是那樣理所當然。

每一個朝陽，每一個月亮，在你眼前彷彿亙古以來就未曾改變的天體運行，也不是那樣明天一定會再見。

親愛的，每個人的時間都是有限的，你也不例外。

然而正因為知道有一天自己會離開，才懂得在有限的每一天裡好好地存在。

愛自己就是完全接受自己

就像天空接受朝暉夕陰，大地接受冰霜雨雪，親愛的，你也要接受自己的一切變化。

朝暉夕陰沒有對錯，冰霜雨雪也沒有是非，同樣的，你和你的人生其實也無所謂好壞。

就像流水往前奔流，就像落葉自由飛舞，親愛的，你所經歷的也是一趟獨一無二的旅程。

愛自己，就是知道自己是獨一無二的，就是無論在任何狀態之下，都會完全接受自己，不和別人比較，也不追悔過去和擔憂未來。

棉絮狀態

緩慢，輕盈，隨風飄飛，沒有一定要去哪裡，只有全然的自由，去向無盡的遠方。

也許這就是最好的狀態，一種棉絮般的狀態。

要如何成為這種狀態呢？要如何讓自己輕盈如飛，像棉絮一般呢？

親愛的，其實這就是你身而為人最自然的樣子，當你放下了一切心上的擾攘，當你不再汲汲營營地奔忙，你就回到了這樣的狀態。

浪花的背後

每一朵浪花的背後，都有一片深不可測的海洋。

就像每一個發自內心的笑容背後，都是一段獨一無二的人生體悟。

如果沒有海洋，如何能捲起浪花？

若不是明白了人生，如何能衷心地微笑？

是因為海洋的遼闊，才捲起了輕盈的浪花。

一如歷練過的人生，才能泛起釋懷的笑意。

人生是自己的

在一段感情結束之後，「活得好就是對對方最好的報復」這句話是不對的。

因為，當你這麼想的時候，表示你還是把那個人放在心上，還是耿耿於懷，還是念念不忘，這樣有活得好嗎？

放下才會自由，才能活得好；如果活著是為了要報復別人，那麼這樣的生命也太累了。

親愛的，人生是自己的，當然要活得好，但那永遠是為了自己，而不是為了報復誰。

用微笑愛自己

這個世界是一面鏡子，映照的是你的心境。

誰都喜歡和笑容可掬的人在一起，若是板著一張臉，就是在對別人發出「禁止進入」的訊息，友誼和好運都會自動遠離你。

而你當然希望被善待，希望得到美好與溫暖。

因此，親愛的，微笑就是愛自己的方式。當你用微笑面對這個世界時，這個世界也會用微笑面對你。

放下自己

春天的花朵若是沒有放下自己，不會結出秋天的果實。

今天的河流若是沒有放下自己，不會成為明日的海洋。

而你，若是沒有放下自己，又怎會知道還有其他的可能與方向？

親愛的，放下自己，信任生命該有的變化，讓人生帶領你體驗不同的季節，讓宇宙之流承載你到沒去過的地方。

你的人生劇情

生命是一個流動的舞臺，在這個舞臺上，你就是自己這部人生大戲的主角。

若你把自己當作想要演出的那個角色，劇情就會漸漸朝著那個你想要的方向發展。

反過來說，如果你覺得自己只是個不起眼的小角色，你的人生也會符合你對自己的感覺與想像。

親愛的，改變看待自己的眼光，用你的期望塑造自己，世界就會為你準備適合這個劇情走向的舞臺。

暗影之必要

沒有悲傷來平衡，快樂就會失去意義。

就像山峰是因為山谷而更顯出高度，春天也是有了冬天的寒冷而更令人感覺溫暖。

這個世界的一切都是相對的，如果沒有黑暗，光明也無法單獨存在。

所以，親愛的，接受你自己那些內在的暗影吧，也接受人生中的一切傷痛與失去，是因為那些心路歷程，你才有了一個更深刻的自己。

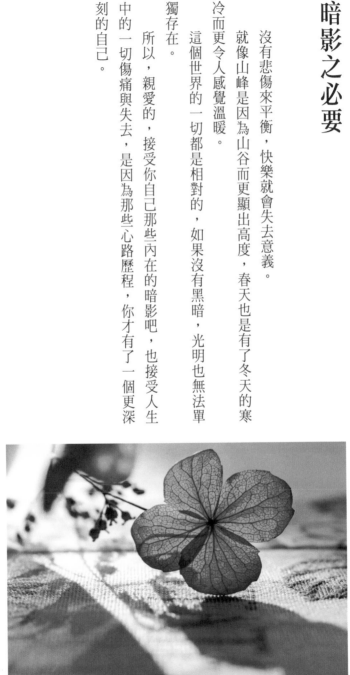

快樂在於懂得放過自己

有時候，你不喜歡自己，因為你做了一件令人尷尬的傻事。也有時候，你甚至會覺得痛恨自己，因為你做了一件無可挽回的錯事。

但檢討過、懊惱過也愧悔過，就放下對自己的責備吧。適度的反省是必要的，再多的追究就是和自己過不去了。

你本來就不是完人，也就像一般人，偶爾會做些傻事，偶爾會做些錯事。但別人做那些傻事或錯事的時候，你會不斷地苛責對方嗎？

快樂在於懂得放過自己。與其凝視角落的暗影，不如眺望遠方的天光。

所以，親愛的，讓自己的心隨時隨地都能回到正向的能量，別再定焦於暗黑之上。

移除悲觀的想法

老屋翻新的時候，打掉一座牆總是比建造一座牆來得困難。不是難在技術，而是難在拆除舊牆的那個決定。

但舊牆不拆，新牆就無法建立。

就像你要給自己一個樂觀的想法之前，得先移除原來那個悲觀的想法。

然而你也不想再繼續住在一間陰暗漏水的舊房子裡了。你期待著一幢明亮的新房子。

那麼，親愛的，就勇敢地破除原先負面的認知，給自己一個明亮的盼望吧。

大自然裡處處都是愛的能量

一隻貓氣定神閒地走過牆垣，那種放鬆的姿勢彷彿在說：咦，你在憂愁嗎？沒什麼好在意的呀。

路旁那朵小花展開可愛的笑顏，好似說著：是啊，不要擔心，一切都會沒事的，加油喔。

樹上飄下一片落葉，在風中自由翻飛，那是它無聲地低語：所以都放下了吧，別再放在心上了。

天邊的那朵雲舒展成片狀，輕輕地告訴你：萬事萬物時時刻刻都在改變，心放開了，一切也就過去了。

親愛的，只要張開想像的眼睛，用感謝的心去觀看，你會發現，大自然裡處處都是愛的能量，處處也是上天顯現給你的啟示與回答。

感動

你曾經被一本書，一幅畫，一首音樂，或是一部電影感動嗎？

在內心深處的某個地方，彷彿被某種美好占據，或是被一隻溫柔的手輕撫，你說那種感覺，讓你覺得自己不再孤獨，也讓你感到自己被聆聽，被了解，而且被愛。

所有關於美的事物都是如此，就像是一朵雲融合另一朵雲，或是一個靈魂喚醒另一個靈魂。

因此，親愛的，多親近文學、音樂與藝術吧，活在美之中，讓自己被美深深地感動。

熱湯

又濕又冷的時候，你什麼都不求，只要一碗冒著熱煙、香味濃郁的湯。喝著那熱熱的湯，你整個人從胃開始暖了起來，一直暖到心，暖到四肢百骸，你說這種感覺真幸福。

但是在炎熱的夏天裡，你卻對同樣的一碗湯別過頭去，避之唯恐不及。

時間不對的時候，什麼都不對了。有太多時候，所有的問題，只是時間的問題。

然而換個角度來看，同樣的一件事，在水到渠成的時候，一切也就對了。

舊時的月，今日的光，其實沒有一定的是非對錯，昨是今非是常有的事。

所以，親愛的，用一顆寬容的心去看待一切吧，世事不過是一碗熱湯，無所謂好壞，只是是否在適當的時間，出現在適當的地方。

愛自己就是能夠寬恕自己

忽然又想起那件事，你再度進入自我責備的地獄，覺得自己真是糟透了，簡直一無是處。

但那件事早已過去了，在時空的長河裡，它像一個早已不存在的水花一樣，曾經生起，終究消失了。

如果自我責備可以改變過去，那就盡量自我責備好了，可是除了讓自己難過之外，並沒有更多的意義。

沒有完美的人，所以也不會有完美的過去。無論你曾經做錯什麼，說錯什麼，都把它們留在從前吧，別再讓它們影響你的現在。現在才是真實的存在。

愛是寬恕，親愛的，愛自己就是能夠寬恕自己，不斷地寬恕自己，不斷地放下過去。

能永遠和你在一起的只有你自己

曾經，你依戀著一個人，你說如果他是一座山，你就是依附著山的樹。

你和他確實有過一段美好時光，你們一起迎接朝陽與晚霞，一起欣賞月光與星光，你以為可以這樣到永久，但後來你才發現，就像一座山上總有別的樹，你也並不是他的全部。

親愛的，每個人都是獨立的個體，沒有誰能成為誰的依附。

如今，你已成了一座山，山上遍布的每一棵樹都是你由衷而生的喜悅。

現在的你知道，就算再愛一個人，你也不能把他的世界當成自己的世界。

你也明白，能永遠和你在一起的只有你自己，你既是有樹的山，也是有山的樹，你才是自己永恆的依附。

忘掉自己才能看清自己

聽說吉普賽女郎在用水晶球算命的時候，必須忘掉自己，才能看清水晶球的呈現，知道別人的命運。

忘掉自己，正是看清一切的關鍵。

因為，一個自我強烈、我執太深的人，也就是一個充滿個人偏見的人，而若是看待事情總以「我」為出發，格局與眼界都有限，看待這世界的眼光又怎麼可能通透清澈呢？

所以，親愛的，去掉了種種因為自我衍生的心思與情緒，你也才能像吉普賽女郎一樣看清自己的境遇。

丟掉帶刺的回憶

那件衣服雖然好看，但它會扎人，所以你穿過幾次就不穿了。

那麼，關於那件事，想起來總是扎心，你又為何念念不忘呢？

扎心的回憶就像扎人的衣服，不適合上心與上身，那樣太為難自己。

因此打包舊衣服的時候，請一併裝箱你不快樂的回憶，與過去斷捨離。

親愛的，讓自己感覺舒服，是一件很重要的事，所以就像丟棄扎人的衣服一樣，那些帶刺的回憶從此也別再想起。

喜歡的事去做就是了

有時候，深思熟慮是必要的，例如要不要買那幢房子，該不該做那筆投資。

但也有時候，想太多卻會成為一種阻礙，尤其在面對自己喜歡的創作事物時。

喜歡畫畫，去畫就是了。

喜歡唱歌，去唱就是了。

喜歡寫作，去寫就是了。

親愛的，喜歡的事，就不需要有太多考慮了。

或者該這麼說，喜歡的事，去做就是了。只要做你喜歡的事，然後往前走，屬於你的道路自然就會出來了。

狂風暴雨是為了累積你內在的強大

因為連日的晴天，那座湖水已慢慢乾涸了，但在一場大雨過後，又有了深不可測的湖水。

就像你的人生，若是只有晴天般的安逸，其實也是一種緩慢的蒸發，許多深刻的心境會漸漸消失；而你需要一些考驗，才能讓你重新思考，領悟人生的意義。

讓湖水深刻的是雨天的襲擊，讓生命深刻的是曲折的經歷。只有晴天的人生是一種欠缺，而你也不該只是一座淺薄的湖水。

所以，親愛的，不要害怕狂風暴雨的時刻，那都是為了累積你內在的強大，讓你成為一潭可以承接一切的深水。

愉悅的流動

流動的本質是愉悅的。

當你站在風中，感覺風的流動，沒有任何原因，你就會覺得飛揚了起來。

水的流動是嘩啦啦的音樂，提醒你不要回頭，只要往前奔赴，一定會看見遼闊的海洋，聽到壯麗的潮聲。

雲的流動像一則啟示，暗喻了沒有什麼永恆不變的，因此你也無須為了現在的難題而困頓，再多的煩惱有一天都會煙消雲散。

所以，親愛的，不要愁眉不展，去感覺風的流動，去仰望雲的流動，去聆聽水的流動，然後，你的心也就有了愉悅的流動。

世界不完美，就唱歌吧

世界不完美，就唱歌吧。

人生不知該何去何從，就跳舞吧。

當你被曲解而不想多做解釋時，就轉身走開吧。

有太多時候，你付出了努力，卻沒有得到想要的結果；也有些時候，你愛著某人，卻被所愛背棄……那麼，就好好哭一場，然候再擦掉眼淚重新開始吧。

沒什麼過不去的，你無須為什麼事道歉，也不必為任何人改變自己。

親愛的，這個世界本來就不完美，所以，就唱歌吧。

花開花落都好的日子

當生命裡不再有是非好壞的分別，當你對一切發生都可以一笑置之。

那時，天清雲闊，心無罣礙，無入而不自得。

那時，花開也好，花落也好，天天都是好日子。

那樣的花開，是外在世界的花開，也是內在心裡的花開。

那樣的花落，是自由自在的花落，也是無牽無掛的花落。

親愛的，當你能漸漸把自我的執念放下，花開花落都好的日子，

終究會到來。

時區

早晨，你醒來，彷彿從另一個國度回來，就像有時差那樣，你有些迷濛，意識還沒有完全打開。

你躺在床上，花了一些時間讓自己清醒。然後你起身，告訴自己，又是新的一天。

不管昨天經歷了什麼，不管那是好的還是壞的，都已經和昨夜的夢境一起消失了。

昨夜也許有過美夢，也許作過噩夢，但畢竟都是夢了。

於是你打開窗，呼吸著今天的空氣。你想，昨日就留在昨日吧，你正進入今天的時區。

什麼也沒做

森林裡的樹靜靜地站著，看起來什麼也沒做，但是那個「什麼也沒做」，卻為了這個地球提供了清淨的大氣。

而當你只是靜靜地坐著，什麼也沒做的時候，其實很多好事也正在悄悄地滋生。因為在這樣的當下，你也成了一棵樹，平和寧靜，自然地散發出氧氣一般的能量，無形中促進了整個世界的和諧。

親愛的，靜靜地坐著，感覺自己就像一棵森林裡的大樹吧，讓世界因你的存在而更美好。

時間的開關

你說，有些事情，是知道卻做不到，想得開卻放不下。

因為道理不等於道路。明白道理是一回事，走在道路上是另一回事。

你還說，如果知道的當下就能做到，想開的當下就能放下，道理即是道路，人生就沒有那麼多糾結與矛盾了。

但親愛的，人生有一個奧秘的解脫，就是時間。

時間裡藏著開關，當你走到某個點，某件事的開關就開了；當你再走到某個點，那件事的開關又關了。

所以，不管你遇到了什麼事，都給自己一段時間吧。

那些你先前怎麼也跨不過去的糾結與矛盾，當時間一到，從此雲淡風輕，海闊天空，當下就是放下。

Part 3

不比較，是愛自己的第一信條

在一起

這個世界上最重要的一句話不是「我愛你」，而是「在一起」。「我愛你」有時只是口頭上的甜蜜，但「在一起」則是一種陪伴，一種支持，一種承擔，一種承諾。

在一起是，就算天塌下來，依然守候，不離不棄。

在一起，可能是戀人的相守，可能是父母對孩子的付出，可能是朋友之間的肝膽相照，也可能是一群人共同實踐一個理想。

親愛的，說愛很容易，難的是在一起。

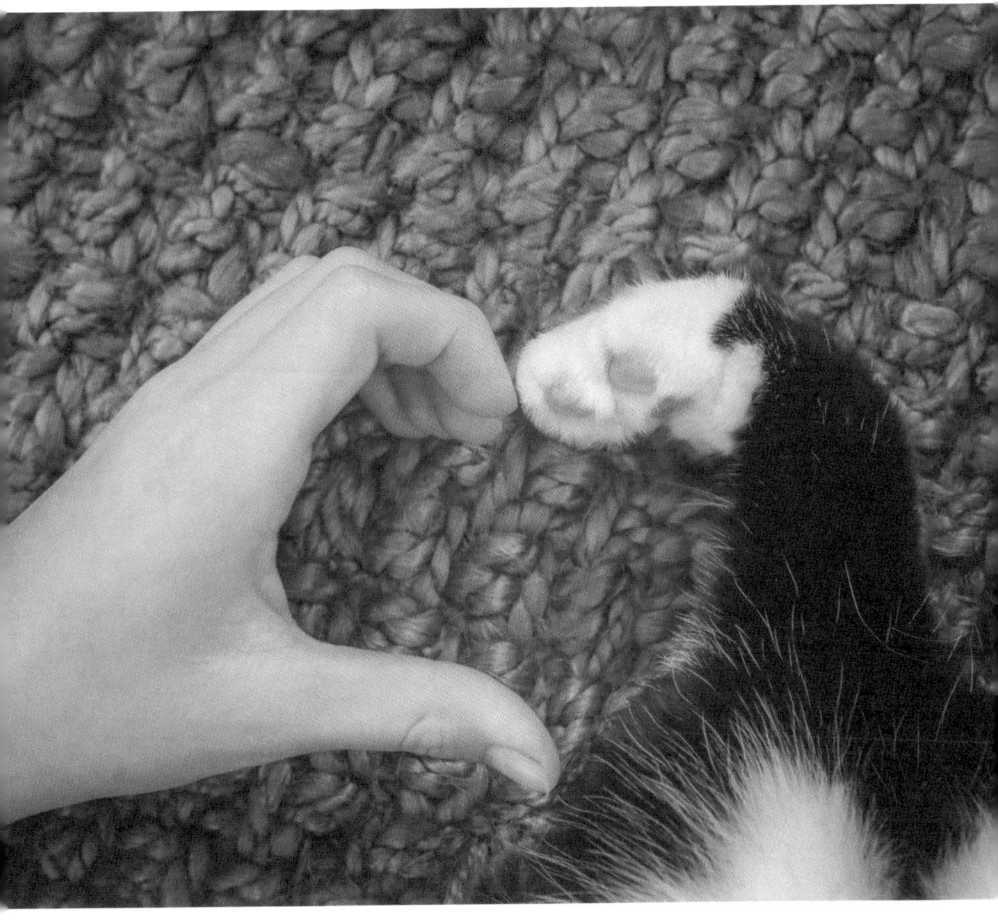

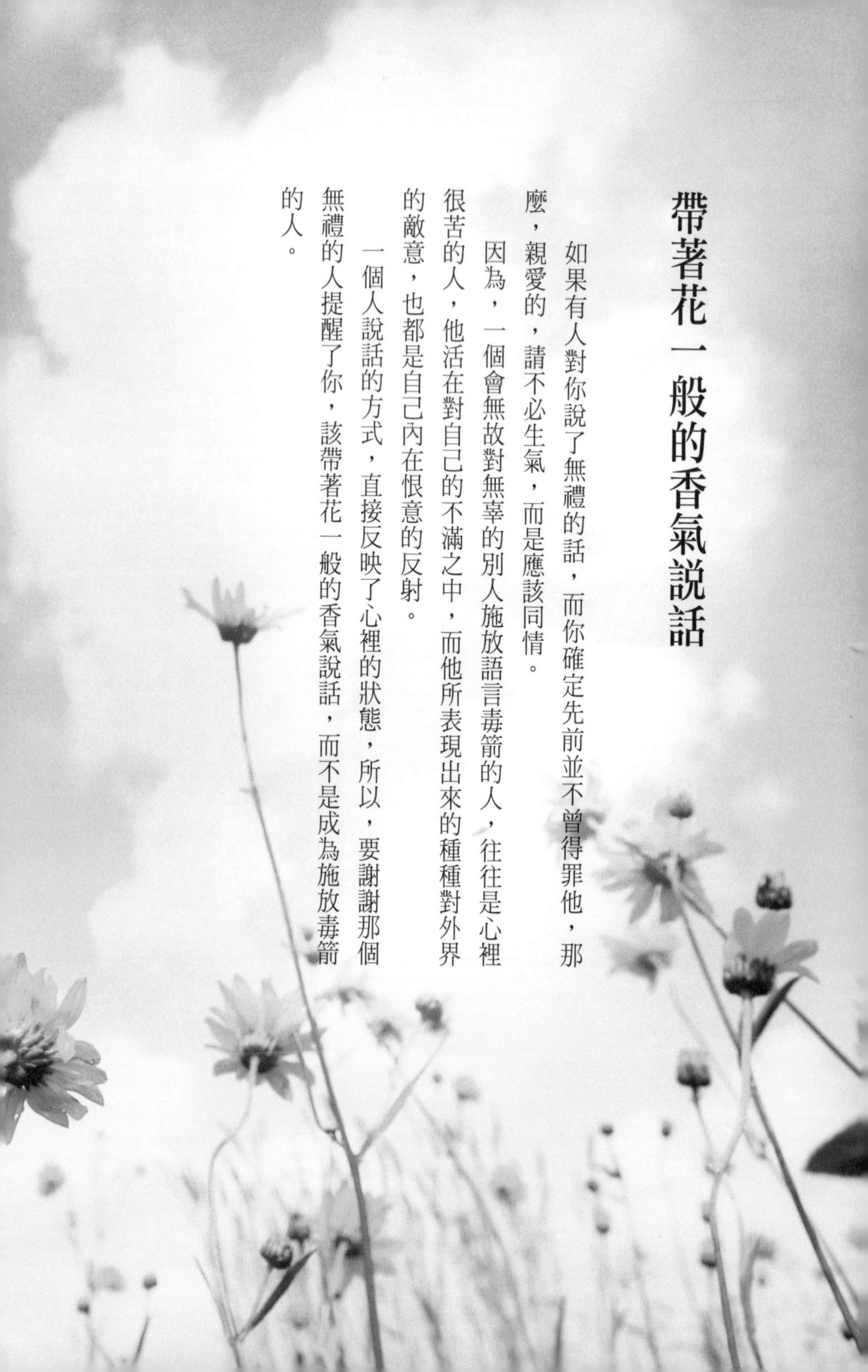

帶著花一般的香氣說話

如果有人對你說了無禮的話，而你確定先前並不曾得罪他，那麼，親愛的，請不必生氣，而是應該同情。

因為，一個會無故對無辜的別人施放語言毒箭的人，往往是心裡很苦的人，他活在對自己的不滿之中，而他所表現出來的種種對外界的敵意，也都是自己內在恨意的反射。

一個人說話的方式，直接反映了心裡的狀態，所以，要謝謝那個無禮的人提醒了你，該帶著花一般的香氣說話，而不是成為施放毒箭的人。

別被自己的認知局限

曾經有人說，「在籠子裡出生的鳥兒認為，飛翔是一種病。」鳥兒天生就能飛翔，但是若一直住在鳥籠裡，是無法想像天空的。而親愛的，其實你的雙肩上也有一對隱形的翅膀，只是你看不見它們的存在，就忘了自己可以飛翔。

別被自己的認知局限了，也不必走別人都走的道路。如果你相信自己可以飛，就能飛出屬於你的天空。

大地的接納讓雲朵卸下自己

一朵飽滿著水氣的雲，承受不住自己的重量，落下了雨，將水滴傾注於大地。

大地坦然接受這一切，感謝雨水帶來的滋養與洗禮。

而雲朵也同樣地感謝大地，因為是大地的接納，才讓雲朵卸下了自己。

人與人之間的關係不也如此？當你給予對方的時候，也該感謝他的願意接受。

親愛的，付出的同時也是得到，有這樣的認知，彼此的關係才能和諧，才會像雲朵與大地之間的對待一樣美麗。

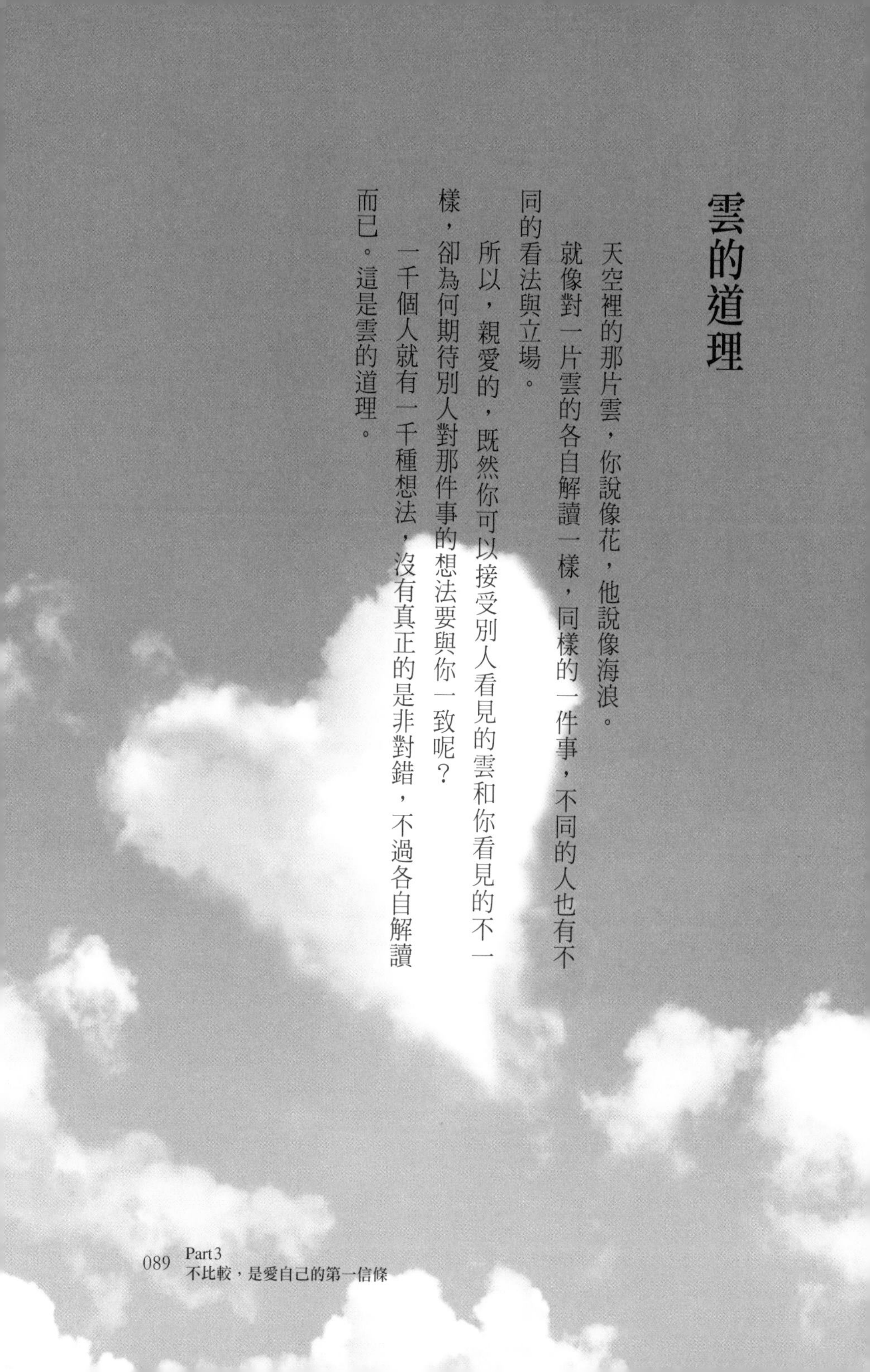

雲的道理

天空裡的那片雲，你說像花，他說像海浪。

就像對一片雲的各自解讀一樣，同樣的一件事，不同的人也有不同的看法與立場。

所以，親愛的，既然你可以接受別人看見的雲和你看見的不一樣，卻為何期待別人對那件事的想法要與你一致呢？

一千個人就有一千種想法，沒有真正的是非對錯，不過各自解讀而已。這是雲的道理。

那又如何？

他經過你身邊的時候，板著臉裝作沒看見，但那又如何？你並不需要為別人的心情負責。

有重要約會之前卻發現臉上長了一顆痘，但那又如何？只要你自己不在意，有誰會在乎？

忽然下起了一陣雨，把你淋得一身濕，但那又如何？能和世界一起沐浴也是難得的經驗。

親愛的，風不會只往一個方向吹，也不是所有的蘋果都一定甜，有太多的事不必放在心上，當下就該放下，然後嫣然一笑就好。

若還是耿耿於懷，就輕輕問自己一聲：那又如何？

是啊，那又如何呢？

被愛包圍

就像魚在水裡，卻不知被水包圍。你也一直在愛裡，卻不知自己始終被愛包圍。

每一朵花的開啟，每一片葉的飛揚，都是這個世界給你的問候。

每一顆漿果的長成，每一道泉水的湧出，都是這個宇宙為你準備的豐富。

水給了魚滋養，這個世界也給了你取之不盡的資源。就像你沒有意識到周圍的空氣，但確實是無形的空氣時時刻刻支持著你的呼吸。

親愛的，你一直是被愛包圍著，你的存在是深受祝福的。這個世界是這麼愛你，你又怎能不好好愛自己？

做一個快樂的人是最好的貢獻

你知道嗎？你對這個世界最好的貢獻，就是做一個快樂的人。

因為你快樂了，所以才能帶給別人快樂，看出去的世界也才會處處美好。

情緒是有感染力的，當你的心情透亮如晴天，靠近你的人所感覺到的就是愉悅的氣場；而那種快樂的能量，就是你在無形之中送出的禮物。

只有快樂的人才會讓別人感到快樂。也只有快樂的人才能創造有光的世界。

親愛的，不是人人都需要功成名就，也不是人人都想要完成什麼偉大的壯舉，但人人都可以對這個世界做出最好的貢獻，那就是做一個快樂的人——取悅自己，同時照亮你所存在的世界，還鼓舞了他人。

相愛的人創造溫暖的世界

天冷的時候，你穿上一雙溫暖的襪子，窩在鋪了毛毯的沙發上，捧著一杯香醇的咖啡，你說這樣的感覺好舒服。此時此刻，你哪兒也不想去，只想這麼待著，無所事事也好。

如果有一個人給你這樣的感覺，讓你哪兒也不想去，只想在他旁邊待著，那就是愛了。

愛應該會讓你放鬆，而不是緊繃；應該會讓你快樂，而不是憂愁。

親愛的，和讓你覺得舒服的人在一起，你們兩人才能共同創造一個溫暖的世界，這樣的關係才可以好好過下去，才值得天荒地老。

音符是記憶的索引

偶然間，你聽見一首歌，霎時思緒泉湧，一時百感交集。

不是因為那首歌有多麼動聽，而是它連結著一個人，一段感情，一場際遇。在過去的某一段歲月裡，它曾經對你有著某種意義。

因此，在聽見這首歌的這個當下，彷彿時光倒流，你跌入回憶的漩渦裡。

音符是記憶的索引，總是帶領你回到生命中的某一個場景，與過去的那個自己瞬間相遇。

討厭的人是一縷輕煙

當你覺得某個人很討厭的時候，其實也表示了你對那個人的重視，因為負面的情緒必然耗損你的能量，有礙你的健康，而你還把這個人放在心上。

多麼不值得啊。

親愛的，要放在你的心上的人，是值得放在心上的，至於討厭的人，他的份量不過就是一縷輕煙，讓他散去了吧。

你的遠方清單

有哪些地方是你想去而還沒有去過的？列一張清單吧。

苦悶無聊的時候，不知道人生還有什麼目標的時候，把這張清單拿出來，大聲唸著那些地名，然後告訴自己：總有一天，一定要去到這些地方！

有時候，你需要的就是一種對遠方與未知的嚮往，那些美好的想像可以幫助你度過現實的冰霜。

親愛的，別讓自己陷溺在心情的流沙裡，現在就開始準備自己，往想去的地方出發。

繁星花

有一種花叫做繁星花，你見過嗎？

一簇簇的粉紅色小花，姿態含蓄，長在低矮的灌木上。她雖有繁星之名，卻沒有如星一般的光芒。

然而，你無法摘下天上的星星，卻可以親近繁星花，欣賞她的美，聞她的芳香。

平易近人，往往比高不可攀更悅人。

所以，親愛的，像繁星花一樣好相處吧，別讓自己遠離了這個世界，成為孤高又寂寞的星星。

藏寶圖

有一個探險家相信某地藏有寶藏，但他用了幾乎一生的時間去挖掘，也沒有發現任何值錢的東西。

於是他心灰意冷地宣布，寶藏根本不存在。

其實真的有那些寶藏，只是在那片土地的另一端而已。這位探險家一開始拿到的就是不實的藏寶圖，才注定了一場徒勞無功的探索。

親愛的，你對真理的探索，不也是如此？若不是以愛和光為出發，又怎麼能找得到人生的寶藏呢？

與山水對話

大自然裡充滿療癒的能量，與山水對話能讓身心鬆柔。

在山巔水涯，你覺得煩惱全消，寵辱皆忘，肢體漸漸放鬆，心也變得輕盈。

水色倒映天光與樹影，水中蘊涵著山的青碧，青山在水中成為流動的光影。山裡有水，水裡有山，山水相依，靜靜地一起冥想一起呼吸。

親愛的，常常親近山，常常親近水，在這山水相互的凝視裡，你也看見了自己的心。

當天起涼風

天起涼風，日影飛去。

時光總是不停地流逝，人與人之間的緣分也總是有一定的期限。你以為還有長長久久的日子，但也許一個轉身之間，一切都已經改變。

親愛的，人生最難處理的情緒是悔恨，因此該說的話要及時說，該做的事要及時做。尤其是對待你所愛的人，隨時隨地都不要吝於表達你對他的愛意與謝意。

那麼當涼風吹起而日影不再的時候，你才能接受一切變化，才能平靜地仰望閃爍明滅的星空。

上天要給你的訊息

上帝常常有許多話要告訴你，這個世界充滿了天使的訊息，但當你的內心充滿喧囂時，你什麼也聽不到，唯有靜默下來，你才能心領神會。

就像你日日經過那個牆角，從未注意那裡有一株小草花，某天在那個牆角停下來凝神細看，才發現那株小草花是如此精緻美麗，而且她努力生長的姿態瞬間帶給了你某種領悟與勇氣。

緩慢下來，安靜下來。親愛的，別錯過了許多上天要給你的訊息。

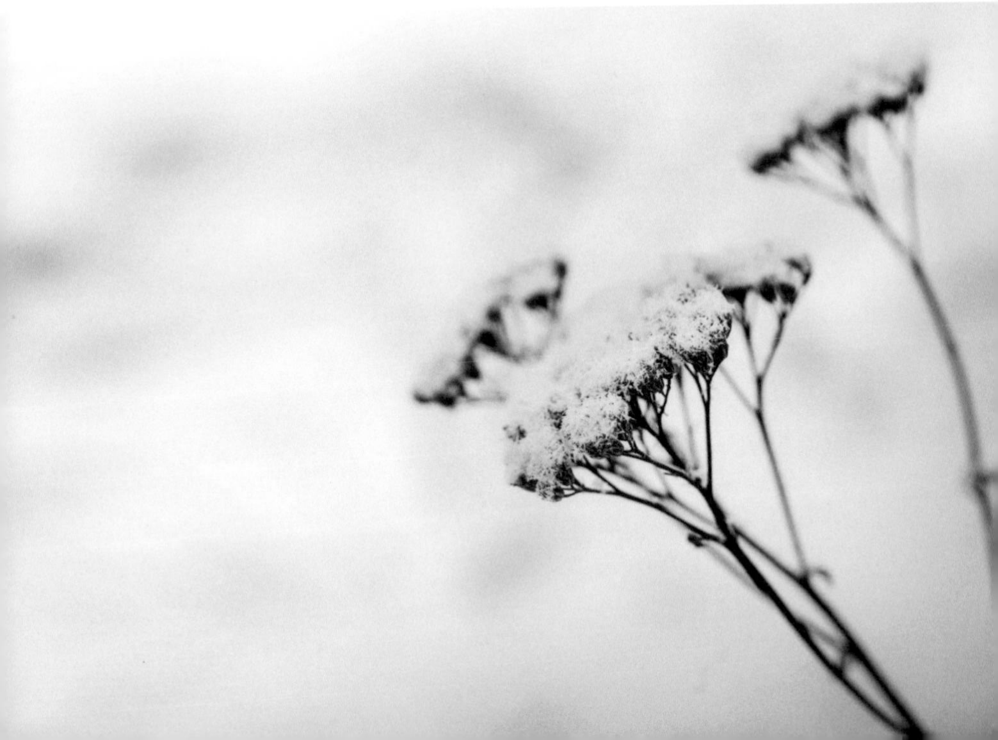

當空穴來風

聽到關於自己的蜚短流長，你的心情跌落谷底。

你真不知道那是從哪一個洞穴吹出來的風，你只知道，那些都不是事實，卻吹得你心裡一片飛沙走石。

但是親愛的，認識你的人，不會相信；不認識你的人，聽過就忘了。

再說你在意的人，不會在意；你不在意的人，又何必管他怎麼想？

所以一笑置之吧。就當那是一陣風，吹過就過了。

聆聽他的聲音

你說都是為他好，他卻不領情，你覺得好委屈。

也許你真的是為他好，然而那是你認為的好，還是他真正的需要？

在任何一段關係裡，當你開口閉口說的都是「我」，那不是溝通，而是自說自話；但你若以「你」為設想，要讓他把你的話聽進去就不會太難了，這樣才可能有雙向的交流。

所以，親愛的，先聆聽他的聲音吧，那麼，他也才會聽見你的聲音。

愛的相反是恐懼

愛的相反是恨嗎？不是。是冷漠嗎？也不是。

親愛的，愛的相反，是恐懼。

恐懼是一種內縮、塌陷的能量，但愛是擴張。

恐懼是冰冷的，愛卻帶來溫暖與融化。

恐懼是黑暗的，而愛是光。

愛與恐懼完全相反，不可能同時存在，因此當你真正愛一個人的時候，那其中不會有恐懼。

也因為愛與恐懼完全相反，所以，親愛的，當你知道你的恐懼是假的，你的愛才會成為真的。

眼中有沙漠的人

眼中有一座沙漠的人，心裡往往藏著一口井。

因為你對他的微笑與問候，那口井就慢慢出現了，而你發現，原來他眼中的沙漠只是偽裝，原來他的心裡有那樣豐美的情感能量。

表面上看似冷漠的人，或許只是為了掩藏內在的不安與羞澀。但當他願意對你交心，你將會看見真正的他。

所以，親愛的，不要在第一眼就判斷他人，你看見的表象從來就不是真相。

真正認識一個人，需要長久的時間，就像別人要了解真正的你，也需要近距離的相處一樣。

每一扇窗都開向世界

一扇窗是一個開口，開向外面的世界，開出心中想望的花。

一座屋子就算再美，若是沒有窗，那也只是一間牢房。

因為有了窗，屋外的風才能進來，屋內的笑聲才能出去。窗是內外的交流。

所以，不要只是把自己關在某一扇窗後。

你的窗是用來觀看世界，用來想望遠方，而不是用來把自己關上。

世界很大，親愛的，要趁著年輕的時候趕快出發。

接受人與人之間的不同

道路不只千百條，人們不只千百種。每個人都有自己要走的路，也都有自己的價值觀。

沒有任何一座花園只能允許一種花生長，也不是所有的流水都往同一個方向。

這個世界之所以美麗，就是因為它的繽紛與多樣。而人類之所以能夠進化，則是因為愛、平等與尊重。

所以，親愛的，接受人與人之間的不同，就像玫瑰接受百合一樣。

鼓勵的言語是溫暖的圍巾

走在由秋入冬的街道上，迎面而來的陣陣寒風，讓你覺得冷。

這時，如果有人遞給你一條圍巾，一定會讓你從心裡溫暖起來。

就像當你走在人生低谷，若是有人給你一句鼓勵的話語，也會讓你從心裡溫暖起來一樣。

所以，親愛的，當你的朋友失落沮喪的時候，也要對他說些鼓舞人心的好話，那是你所能給他的溫暖，就像遞給他一條抵禦寒風的圍巾一樣。

缺愛是所有問題的根源

被愛充滿的人，就像植物被澆灌了清水，枝葉生氣勃勃，開出芬芳的花朵。

心裡無愛也無法去愛的人，內在則會結出陰暗的果實，生活也將一片荒蕪。

缺愛是所有問題的根源，也唯有愛是一切問題的解答。

所以，親愛的，成為一個心裡有愛的人，可以去愛的人，願意被愛的人，那就是你對人生最好的回答。

不比較，是愛自己的第一信條

許多的不快樂，都來自於比較。

他比你聰明，於是你悶悶不樂。

她比你漂亮，於是你挑剔自己的外貌。

放眼望去，好像每個人都比你幸福，於是你百般自憐，暗自神傷。

親愛的，當你活在比較的世界，就把人生變成了一場一定輸的比賽，因為永遠有人比你聰明，比你漂亮，看起來比你幸福。

但是，請記得：要愛自己，就是不與別人比較。

比較讓你看不見自己的好，只看見自己的不好。終其一生，你沒有認識真正的自己，也沒有接受真正的自己。你的注意力一直放在別人身上，比較這個，比較那個，人生成為一場行走在沙漠卻追求玫瑰花園的徒勞。

但你其實不比別人好，也不比別人不好。更正確的說法是，你和你的人生都是獨一無二的，所以無法與任何人比較。

親愛的，不把獨一無二的自己拿來與別人做比較，這是愛自己的第一信條。

對別人好就是對自己好

人際關係是一支回力鏢，你所投擲出去的，都會回到自己身上來。你給出去的，就是你得到的。你若對這個世界充滿了善良與溫暖，你就會看見處處都是好人好事；但你如果做了傷害別人的事情，你後來也會發現，真正痛苦的人其實是自己。

因果之間是一場宇宙時空的旅行，你不會知道它神秘的路徑；但你可以確定，人際關係這支回力鏢，總是從哪裡出發，最後也會回到那裡去。

所以，親愛的，請記得，對別人好，就是對自己好，你怎麼對待這個世界，這個世界也就怎麼對待你。

不要隨意論斷別人

你只摸到了大象的耳朵，還以為那是一朵花。
你只摸到了大象的尾巴，就認為那是一把草。
因為你沒有看到大象的全貌，所以即以局部認定了全部。
同樣的，對於那件事，你知道的也是一小部分，而且很可能永遠都不會知道全部的真相。
世事宛如巨象，而你意識所能理解之處，往往只是螞蟻的足跡。
因此，親愛的，不要隨意論斷別人，一如沒有任何人可以隨意論斷你。

一生就是一期一會

一期一會，一生只有一次的相會。

人的緣分是天的安排，你總以為還有後面的故事，但也許一次的相見就是最後的相見，短暫交會之後即各分西東。

道別的時候說的再見，是彼此對於再次聚首的期待，然而誰也不知道，說了再見會不會真的能再見。

人生總是一期一會，在時間長河的往前奔流裡，每一次相會都是稍縱即逝的水花。

人生就是一期一會，沒有人能回到從前，每一個當下都是永不復返的時光。

親愛的，懷著一期一會的心情，去對待每一個人，去珍重每一次的相會。

Part 4

人生所有的答案
就在你心裡

以祈禱開始你的每一天

每天早晨醒來，第一個湧入你心中的意識是什麼？如果是煩惱的事，那是多麼糟糕的開始啊。第一天的第一個意識何其重要！為什麼要自尋煩惱呢？

所以，親愛的，請養成一個習慣，每天早上醒來，第一件事就是先祈禱。

請在心中默唸：今天又是新的一天，但願所有我愛的人和愛我的人，今天都平安快樂。

然後你帶著這份祝福開始新的一天，使你的每一天都是一個平安快樂的開始。

成為一片落葉的勇氣

一片葉子輕輕落下，然後一陣風來又帶走了它。

在這之前，這片葉子只是一棵樹的一部分，是無數葉片中的其中一片，直到離枝之後，它才成為單獨的它自己。

才知道了自由的滋味。

才有了獨一無二的旅程。

一片落葉可能親吻過大地，可能被流水承載，可能飄向無盡的遠方，無論它經歷了什麼，都是它還依附著一棵樹時無法想像的。

親愛的，你也要有著成為一片落葉的勇氣，願意縱身投入未知，那麼當風吹來的時候，你才能展開屬於你獨一無二的旅程。

一杯水與一片海洋

一滴水彩顏料溶入一杯水中，這杯水就變成了那滴水彩的顏色。同樣的一滴水彩溶入一片海洋，這片海洋依然是它本身的顏色。當有人中傷了你，如果你是一杯水，就會感到受傷；但如果你是一片海洋，將不會把這件事放在心上。

累積自己的眼界與器量，就不會輕易受到別人的影響。

親愛的，你不是一杯輕淺的水，而是一片深不可測的海洋。

沒有不巧，一切都很好

剛洗好了衣服準備要晾，卻忽然下雨了。

臨時興起想做甜點，打好了蛋，才發現糖用完了。

十萬火急趕到車站，誰曉得班次竟然誤點，要搭的車還在遙遠的他方。

生活裡常常有這樣的不巧，讓你或是錯愕無言，或是啼笑皆非。

然而也是這些小小的不巧，提醒你要更覺知地面對生活，並且學會平心靜氣地接受當下發生的一切。

每一個不巧，都是一次自我修練的機會。所以親愛的，其實並沒有什麼不巧，一切都很好。

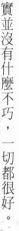

心境由你決定

窗外是濕冷的天氣，連帶的讓你的心情也灰暗了。你想，該如何讓自己的感覺陽光起來呢？

讀一本很久以前就想讀的書。

聽一段悠揚的小提琴演奏。

整理一直沒時間整理的衣櫥。

寫一則日記。烤一個蛋糕。做一張手工卡片。

你有好多好多事可做呢，又何必把注意力放在天氣上呢？

當你意識著什麼的時候，你才會感覺那個什麼的存在。當你沒在意識它的時候，它就不能影響你了。

壞天氣是如此，讓你不愉快的那些人事物不也是如此嗎？別去意識就沒事。

親愛的，也許你無法左右窗外的天氣，但一定可以決定自己的心境。

自由是你不想做什麼就可以不做什麼

所謂自由，不是你想做什麼就做什麼，而是你不想做什麼就可以不做什麼。

例如，「我想抽菸就抽菸。」這不是自由，而是自我放縱。

但是，「我不想抽菸就可以不抽菸。」如此不受負面慾望所綑綁控制，才有了自在與自主。

想做什麼就做什麼，有時會傷害了別人，甚至危及別人的自由。

不想做什麼就可以不做什麼，隨時都可以放下，隨時都能雲淡風輕，親愛的，這才是真正的自由。

你擁有整個宇宙的善意

一個蘋果裡，有春天的雨水，夏天的陽光，還有冬天的風霜，才成就了一個秋天的果實。

當你咬下這個蘋果，你所品嘗的不只是蘋果而已，而是整個四季的生成。

大地無盡藏，總是慷慨地給予，無私地分享，而你是如此被恩寵，擁有整個宇宙的善意。

親愛的，請帶著感謝的心情品嘗這個蘋果，也帶著這樣的感覺，去體會生命裡的一切吧。

恩寵無處不在

你在樹下讀書。頃刻間，雲來了，風起了，天空裡落下一滴雨，正好打在你讀到的那個字上，像一個響亮的吻，也像一個來自天空的問候。

這偶然又巧合的一瞬，令你驚喜不已。

大自然中充滿了這樣的偶然與巧合，一片正好飄過你眼前的落葉，一朵在你經過時正好綻放的香花，一道當你抬頭時正好瞥見的閃電，這些「正好」都是當下的善意，都是宇宙與你的互動與對應。

這個世界總是如此慷慨，從不吝惜付出，親愛的，只要以一顆敞開的心去承接，你就會發現，恩寵無處不在，天地無私，你確實被愛。

念念不忘，必有回響

有一句話是這麼說的：「念念不忘，必有回響。」

什麼會讓你念念不忘？那是否是你生命中很重要的人，很在意的事？那是否是你一直放在心上的初衷？

念念不忘，念念不忘，正是因為念念不忘，所以才會有後來那些故事的發生，才會有那些因緣的聚集，那些事情的完成。正是因為念念不忘，所以人生的長廊裡才會有一步一腳印的回響。

跳舞是心靈與身體的對話

跟著那段音樂的帶領，你翩翩起舞。

恣意伸展你的身體，讓肢體與音符一起流動，你沉醉其中，不在意跳得美不美，更無所謂對不對。

跳舞就是心靈與身體的對話，在這個當下，你的心靈與身體同時敞開，向無限敞開，喜悅地敞開。

時空的界限消失，你忘記了那個舞者，成為舞蹈的本身。

舞舞舞，一切都在流動，一切也都在發生。

舞舞舞，一切都是最美的流動，一切也都是應該的發生。

相信讓期待開花

如果你期待某件事發生，你要先在心裡看見那個發生，還要相信它必然會發生，那麼，它就一定會發生。

就像這朵含苞的玫瑰，她先是在花心裡看見了未來的綻放，屬於一朵花的本能意識也相信自己必然會綻放，當時間到了，她就緩緩地綻放了。

這朵花從不懷疑自己是否會開花？或許該這麼說，這朵花的意識裡只有開花，沒有其他。

親愛的，你對未來的期待也是一朵含苞的玫瑰，相信你的期待必然會實現，就像含苞的玫瑰相信自己一定會開花。

每一個現在恰似無數的一瞬

瀑布激越地落下，看起來是連續狀態，但你若能近看，就會發現那其實是無數水花無數的一瞬。

就像你的人生，看起來是連續狀態，其實是無數瞬間的集合。

和瀑布一樣，人生裡無數的一瞬只在彈指之間，無法復返。

也和瀑布一樣，這無數的一瞬就像散落的水花，只在當下，旋即消失。

瀑布的前面是河流，後面是海洋，一如你的過去與未來。

親愛的，每一個不能復返的現在，恰似瀑布無數的一瞬，盡情感受就好，過了就無須留戀，更不必頻頻回首。

每一條河流都流向海洋

眼前的這條路，你知道它必然通往遠方。

眼前的這條河，你知道它的終點一定是海洋。

「而我又將走到哪裡去呢？」你不禁問自己。

前途看來如此茫茫，你說你根本不知道方向，因此內心徬徨。

但親愛的，每一條路，每一條河，在前行的途中不也是彎彎拐拐的嗎？它們沒有一定的方向，但總能通往遠方，總會流向海洋。

所以往前走就是了。像道路一樣，像河流一樣，只要往前，你必然會走到屬於你的遠方，也一定會發現最後那片壯闊無盡的海洋。

為自己想要的人生而活

眼前有兩條路，你嚮往的是右邊那一條。但是當大家都往左邊走的時候，你有往右邊而去的勇氣嗎？

也許你的選擇會讓你在前進的過程裡感到孤獨，然而卻也更突顯你的堅持與專注。

如果你都不能為自己想要的人生而活，那麼別人更不會為你想要的而付出。

親愛的，因為你確定自己要的是什麼，所以你才有勇氣做出屬於你的選擇，並且走出和別人不一樣的道路。

事過境遷之後才會恍然大悟

面對別人的問題，人人都是半個智者。可是面對自己的問題，人人卻都是半個盲人。看自己，總是有盲點，永遠看不清；看別人，因為在一段距離之外，所以才能看見大局。

往往是在事過境遷之後，已隔了一段時間，也有了一段距離，你才會明白當時的狀況，才會恍然大悟。

親愛的，到了這時，你才真正看見了自己。

人生的答案就在你心裡

後來你終於知道，人生所有的答案都不在外面的世界，而在你自己的心裡。

心靈是一座湖水，外在世界只是內在生命的倒影。

保持內心湖水的清澈，人生自然會呈現美麗的風景。

親愛的，你想要的一切皆無法外求，而是要回到內心去找尋。

看山看雲看樹都是看自己

看山，你看見了山的遼闊與寧靜。

看雲，你看見了雲的變幻莫測，一如人間的無常。

看樹，你看見了樹沉默的定力，它承受風雨襲擊，也接受鳥兒築巢，無論外在如何變化，樹始終安然穩定。

你看著眼前的山，山上的雲，雲下的樹，心裡有山的寧靜，雲的流動，以及樹的安定。

因此你知道，看山，看雲，看樹，其實看的都是自己的心境。

把夢想變成理想

親愛的，你有夢想嗎？你希望那個夢想可以實現嗎？

那麼，你開始去做些什麼事了嗎？你正朝著它的方向走去嗎？

就算你想得再多，但從未行動，那麼什麼也不會發生。

但只要有了開始，你就已經走在前往自己的路上了。

夢想如果只是想，終究還是夢。

親愛的，夢想要有所行動，才會成為理想。

讓食物變成快樂的能量

吃東西的時候，你是怎樣的心情呢？

你知道食物都是能量，但你知道把食物吃下去的時候，那些能量會因為你的心情而有不同的作用嗎？

如果是懷著不安的心情，你吃下去的就是不安的能量。

如果擔心食物會讓你發胖，你吃下去的就是會讓你發胖的能量。

以怎麼樣的心情吃東西很重要，所以，別再給自己負面的暗示了。

用愉快的感覺佐餐吧，讓食物都變成快樂的能量。

用感謝的心情進食吧，想想能享用食物是多麼幸福的事情。

用專注的態度吃東西吧，親愛的，你認真地對待食物，食物才會認真地對待你；你真心喜愛它，它就會給你健康美麗的滋養。

接受一切發生

事情已經發生，無論如何都無法回頭去修正，那麼就含笑接受吧。

這樣的結果也許不如你預期，但人生本來就是無法掌控的。

從來沒有任何一件事可以從頭到尾完全在計畫中，永遠有一個更大的力量在主宰著一切。

所以，親愛的，凡事盡心盡力就好。

只要記得這句話：努力與今天是屬於你的，結果和未來則交給上天。

昨天的陽光曬不乾今日的衣裳

對於過去的留戀不捨，使你常常流連在從前，徘徊於昨日的小徑，迷失了當下的道路。

但過去不能復返，若要拿從前來與現在比較，就是對現在的不公平。

每一個一刻都是獨一無二的，想念過去並沒有不對，錯的是以為逝去的才是最好的。當你那樣想，當下就成了無限的悵惘。而悵惘是一張破網，不能成就任何事情，只是白白流失了現在的時光。

親愛的，把握此時此刻吧，昨天的陽光曬不乾今日的衣裳，就算過去再好，也都已是昨天的陽光。

相信自己值得擁有你要的美好

如果你渴望某件事發生，或是希望達到某個目標，就不要有一絲一毫的懷疑，請百分之百地相信，那一定會發生，一定能達到。

有時候，不相信是來自於對自我的不確定。

「我值得擁有那樣的美好嗎？」

「我真的辦得到嗎？」

因為這樣的懷疑，該發生的就沉寂了，該達到的也中斷了。

親愛的，你值得的，你也真的做得到。

相信自己，這個世界也會相信你。

相信這個世界，其實也就是相信自己。

美好的溫度

因為冷的緣故，火鍋特別令你覺得幸福。

如果四季皆春，就不會有落葉時蕭瑟的美感，也不會有來年花開時的燦爛。

在一段坎坷的際遇之後，某個苦盡甘來的結果，會讓你對先前的逆境有一份感謝，知道那是一種祝福。

所以，親愛的，偶爾覺得冷是好的，是因為生命裡的那些冬天，更能顯現那些美好的溫度。

愛自己的存在

小鳥天生就會唱歌，魚兒天生就會悠游，而你，親愛的，為什麼卻懷疑自己天生不該快樂呢？

存在本該是一種喜悅的狀態，大自然的一切都如此且如是地呈現，你不會看見一朵自我封閉的花，也不會看見一棵不知該不該伸展枝椏的樹，而你，親愛的，為什麼卻不能自在地享受自己單純的存在呢？

愛自己的存在，讓自己快樂起來。

你本是大自然的孩子，天生就會唱喜悅的歌，天生就明白悠遊的快樂，親愛的，你天生就該為了愛自己而存在。

一切都會過去

那件事的發生，就像秋天的第一場雨，你感到一陣涼意，知道從今以後，有些什麼改變了。

早上起床的時候，你會覺得冷。出門的時候，你得帶把傘同行。天空的顏色暗了，空氣裡飄浮著濕氣。不再有著梔子花的香氣，夏天已經遠離。

你獨自一人走過長長的街道，颯颯落葉在你的身後被風捲起。你並不急著到哪兒去，因為你知道這場雨季會很漫長。

但你也不會就這樣佇立在原地，你只是繼續往前走。你想，只要還在路上，就能穿越這個雨季。

親愛的，事情總會發生，就像秋雨總會落下；但是，只要還在路上，一切總會過去，陽光總會來臨。

人生是一條流過你的河

一切都會過來，一切也都會過去。

想想你所經歷的那件事，是不是一切都已經過來，一切也都成為過去？

但沒有任何經驗是白費的，是那些過往帶來的成長，讓你成為此刻的自己。

有過總是好的。每一個現在，都是過去所有的總合。

因此，親愛的，並沒有浪費時間這回事，所有經過的時間，所有有過的經驗，都有它的意義。

然而也要明白，從來沒有永久，無論是怎樣的繁華靡麗，也是過眼成空。

人生是一條河，它只是流過了你，過來了，也過去了。人生這條河從不停留，只是往前奔流。

Part4
人生所有的答案就在你心裡

未來的日子裡，我願意繼續信仰美好與良善——朵朵小記

二〇一六年的平安夜，我在臉書寫下我的心願：

「希望這個世界上，所有的戰爭都停止，所有的恐攻都消失，所有的孩子都能平安無憂地長大，所有長大的人們都能保有孩子般的赤子之心。」

這個世界並不平靜，想起戰火中的孩童，我總是憂心，而我能做的就是為一切苦難祈禱。

一個朋友說歷史恩怨盤根錯結，戰爭難以平息。我說，正是因為這樣，所以更需要祝福。

我相信心念的正面力量，當大多數的人都能共同為一件事衷心祈願時，就能在無形的層次改變那件事。而且那是平安夜，這個日子的

意義，不就是為了愛、和解與平安而存在的嗎？

也有人說，這樣的想法太天真，只是無聊的白日夢，只是雲端上的嗎啡，不會實現的；與其關心那些遙遠的孩子，不如務實一點，想想怎麼賺更多錢。這回我沉默了，因為知道對某些人無須多說，他們對這個世界不但無法心懷悲憫，也總是輕易地就曲解他人，與他們說的愈多，只是被他們曲解愈多。他們已經失去孩子般的赤子之心，被現實腐蝕，成為心靈的酸性體質。

但每個人都曾經是個孩子，我想，不會有任何一個孩子願意成為這樣的大人。

然而這樣的大人並不少，其中一個對我說，人生很艱難，所經驗的所看見的，都是人心的險惡與狡詐，活得愈久，幻滅愈多，怎麼還會去相信美好的東西？

我想，正是因為人生不容易，有太多考驗，所以更不能放棄對美好價值的信仰，以及對未來的盼望。人生在世，早晚要失去錢財、地位、情感、關係，甚至失去健康與生命，但真正可怕的失去，是失去那個曾經有愛有夢有憧憬的自己。

沒有人能活在童話裡，所有的成長都是艱辛的，可是生命之所以可貴，就在於即使經過種種撞擊，還是願意面對有光的方向。我從來就不是城堡裡的公主，也不是活在雲端上的人，我也曾經對許多人許多事感到失望，但我還是常常感到幸福，因為我總是看見光的存在。

所以，未來的日子裡，我願意繼續信仰美善，依然相信美好的價值，依然歌詠良善。

*

未來的日子裡，我也願意更放下種種執著，讓身心更輕盈，更自由，不依附外在的擁有，更保有內在的安全感。

斷捨離不只在於物質層面，也包括心靈層次，例如負面的念頭、不夠圓融的個性，而這些改變，都在於更有覺知的生活。

前些日子和一些多年不見的朋友聚會，再次覺得時間真是個有趣的魔術師，我在朋友們與自己身上，看到有些什麼被悄悄改變了，但也有些一直未變。有些朋友還是那麼貼心與溫暖，卻也有些人的言語

充滿腐蝕性與攻擊性。有些從前的友善收了起來，變得防備且冷漠，好在還是有更多熱情依然如故。

離開那場聚會之後，我心裡充滿無限感慨。

歲月公平地對待每一個人，是人以不同的心境和不同的詮釋去面對歲月裡的自己，有人面對波折也依然能夠感謝，卻也有人得到再多還是覺得被世界虧待了。相由心生，於是有人有了一張更動人的臉，卻也有人失去了原本可人的面貌。但前者所遇到的難關不見得比後者少，只是前者比後者更能放過自己也原諒別人。

人生過了某個階段，對於朋友的選擇（真的就是朋友，不是戀人或其他），會變得非常單純，無非就是相處起來舒服，如此而已。

我希望我的朋友們說起我的時候，會說：「嗯，與她相處很舒服。」我想，那就是對我最好的讚美了。

因此未來的日子裡，我願意成為一個更悅人的人，希望我的朋友與我在一起的時候是舒服而愉悅的，希望我的存在是給別人鼓舞而不是讓別人感到沮喪。但若是別人與我相處起來感到舒服，那是因為我和自己在一起的時候很自在。

所以我為這個世界禱告，也為我自己禱告。希望時間能拔除我所有未能覺察的刺，讓我成為一個時時刻刻更心平氣和更溫暖柔軟的人。

*

二〇一七年初，從美國返回臺灣的飛機上，我的身旁忽然起了一陣騷動，原來是某位旅客身體不適，被眾人攙扶著坐上逃生口旁較為寬敞的位子，而那個位子就正對著我的眼前。

那是個年輕男孩，約莫二十歲左右，不知是什麼樣的原因，他面容痛苦，眼睛上吊，臉色與唇色完全是白的，意識看來已經渙散，情況十分危急。機艙響起廣播，問是否有醫護人員在場可以幫忙協助？很快地，我眼前就聚集了不同國籍與語言的醫護人員。有人為他量血壓，有人為他按摩太陽穴，有人不斷對他鼓勵喊話。而我能做的就是衷心為這個年輕男孩祈禱。

在這數萬英呎的高空上，一群來自不同地方的人們，一起為一個男孩同心協力，這樣的場景令人動容。有人有難，就有人伸出援手，而這個世界之所以可愛，不就是因為這樣的善意嗎？

不久，頭等艙空出了可以躺下的位子，

眾人又攙扶著男孩往前艙去了。

下機的時候，我心裡仍惦記著這個男孩，於是問一位空服員，後來他還好嗎？空服員說經過大家幫忙，男孩後來的狀況就穩定了下來。我聽了終於放下心中的大石，鬆了一口氣，笑說，那真的太好了。

還有什麼比平安更重要的事呢？

不只求自己的平安，也為了別人的平安而盡心盡力。不只要自己過得好，也希望別人能得到幸福。世事多風雲，有獨夫政治，有恐怖分子，有仇恨主義，然而我總是相信正面力量永遠大於負面。新的一年來臨，我們都在二〇一七的班機上，但願是愛而不是怨恨苦毒的燃料，帶著我們往前飛行。

國家圖書館出版品預行編目資料

朵朵小語：在心裡留一個地方愛自己 / 朵朵著. --
初版. -- 臺北市：皇冠，2017.04
面；公分. --（皇冠叢書；第 4610 種）（朵朵作品集；6）
ISBN 978-957-33-3295-4（平裝）

855　　106004068

皇冠叢書第4610種
朵朵作品集 6

朵朵小語：在心裡留一個地方愛自己

作　　者—朵朵
發 行 人—平雲
出版發行—皇冠文化出版有限公司
臺北市敦化北路120巷50號
電話◎02-27168888
郵撥帳號◎15261516號
皇冠出版社(香港)有限公司
香港上環文咸東街50號寶恒商業中心
23樓2301-3室
電話◎2529-1778　傳真◎2527-0904
總 編 輯—許婷婷
責任編輯—蔡承歡
美術設計—程郁婷
著作完成日期—2017年02月
初版一刷日期—2017年04月
初版三刷日期—2020年04月
法律顧問—王惠光律師

讀者服務傳真專線◎02-27150507
電腦編號◎421008
ISBN◎978-957-33-3295-4
Printed in Taiwan
本書定價◎新臺幣280元/港幣93元